大偵
福爾摩

數學偵緝系列
鸚鵡迷蹤

SHERLOCK HOLMES

目一錄
CONTENTS

(P)＝林浩暉 (N)＝謝詠恩 (R)＝陳欣陶

鸚鵡迷蹤

「哇！」小兔子和愛麗絲不約而同地驚呼。

「真沒想到，倫敦市內竟有這麼一大片樹林。」華生看着眼前美景，也不禁驚歎。

早前，小兔子和愛麗絲幫助福爾摩斯破了一宗盜竊案。為了以資獎勵，他和華生就帶這對歡喜冤家來參觀位於泰晤士河河畔的邱園

了。這是全歐洲最大的國家植物園,行人路建在大小樹林和一望無際的草地之間,四處**綠意盎然**,令人恍如置身郊野。

「你們驚訝得太早了,我們還未走到最有看頭的**溫室**呢。」福爾摩斯拿着地圖說。

就在這時,一個**胖墩墩**的中年人急匆匆地在樹林中走過。

「唔?」福爾摩斯定睛看去,「那人好眼熟,難道是……?」

那人突然停了下來,更神情緊張地不斷**左顧右盼**。

「巴里先生!你不是巴里先生嗎?好久不見!你不像在**欣賞植物**呢。」福爾摩斯認出了那人,於是叫道。

「啊？還以為是誰，原來是福爾摩斯先生！」那人看到我們的大偵探後，急急跑了過來，上氣不接下氣地說，「我的……**大紫紅鸚鵡**走失了……你們有沒有看到一隻頭部鮮紅、胸前紫色的雀鳥？」

原來，巴里是福爾摩斯的**老相識**，他最近從澳洲買入一批鸚鵡放在附近的貨倉飼養，今早卻不小心**走失**了一隻，於是沿着牠飛走的方向追來，追着追着便跑到植物園來了。

「踏進十月了，如果不及時找到牠，恐怕牠會在晚上**着涼**啊。」巴里憂心忡忡地說，「牠着涼的話——」

「鸚鵡不是有羽毛嗎？怎會着涼呀？」小兔子未待巴里說完就搶道，「我穿短褲還覺得熱呢。」

「嘿，你實在太過孤陋寡聞了。」愛麗絲出言奚落，「大紫紅鸚鵡是一種很矜貴的雀鳥，可不像你那樣粗生粗養啊。」

「甚麼？」小兔子不甘受辱，「哼！我才不像你那樣嬌生慣養呢！」

「哎呀，你們吵甚麼，巴里先生還未說完呀。」福爾摩斯知道兩人吵起來就會沒完沒了，連忙制止。

「其實，鸚鵡是溫帶動物，棲息於澳洲、非洲和東南亞等地。」巴里繼續說，「所以，對牠們來說攝氏20至30度才是最舒適的溫

17℃

度。可是，倫敦十月的氣溫常**低於**20度，牠們在室外很容易冷病。」

福爾摩斯聞言，馬上從口袋中掏出一個橙色的工具——「**大偵探 7 合 1 法寶**」，看了看上面的温度計。

「不妙！現在雖然是下午，但氣溫已是20度，入黑後勢必**更冷**。」福爾摩斯當機立斷，「快！我們一起幫忙找鸚鵡吧。」

20°C

一行五人走進樹林四處**追尋**，然而，到了黃昏仍不見鸚鵡的蹤影。

「等一下。」華生看了看周圍，有點**擔心**地問，「我們……在哪裏？」

　　眾人頓時**面面相覷**，他們這時才察覺一直只顧抬頭尋鳥，不知不覺間已**迷路**了。

　　「怎辦？怎辦？我們迷路了啊！」愛麗絲有點驚慌地說。

　　「嘿嘿嘿，迷路罷了，怎值得**大驚小怪**。真沒用。」小兔子趁機嘲笑。

　　「你不怕嗎？走不出去的話，會在森林中餓死啊。」愛麗絲說。

　　「嘿，我**粗生粗養**，吃樹皮也能生存，可不像那些**嬌生慣養**的小姐啊。」

　　「甚麼？你諷刺我嗎？」愛麗絲氣得滿臉通紅。

　　「你們吵甚麼？植物園的西面和北面都是河，東面是出入口。」說著，福爾摩斯掏出「7合1法寶」，看了看上面的**指南針**，「所

以，向東走就能走出樹林。」說完，就帶領眾人向東走去。

走了一會後，華生看到天色漸暗，有點擔心地問：「快天黑了，我們能趕得及走出園區嗎？」

「為了儘快脫險，只好找人求助了。」福爾摩斯說着，馬上「呔——呔——呔——」的吹響「法寶」末端的哨子。

「甚麼人呀？」哨子聲才剛響起，不遠處

已傳來回應的叫聲，並隱約可見一個身穿園丁
制服的男人拿着提燈向這邊走來。

「啊！有人！」小兔子大叫，「救命呀！
我們迷路了！」

「原來怕死的不是我呢。」愛麗絲露出不
屑的神情，斜眼看了看小兔子。

「你說甚麼？」這次，又輪到小兔子不滿
了。

福爾摩斯沒理會兩人的爭執，趕忙向迎面
而來的園丁説：「不好意思，我們迷路了，
請問出口往哪個方向走？」

「往這邊走，我帶你們出去吧。」園丁領頭
走了兩步，又回過頭來説，「前面就是溫室，
看來兩位小朋友受驚了，不如進去休息一下
吧。」

「受驚？我才沒有呢。」小兔子指一指愛麗絲，「你是說她吧？」

「嘿，剛才是誰叫**救命**的？」愛麗絲冷笑道，「我倒沒有叫啊。」

「你們兩個吵少一會好嗎？難得園丁叔叔帶你們去休息，**老老實實**地說一聲『謝謝』不行嗎？」福爾摩斯罵道。

「算了、算了，小孩子不懂事，別罵了。」巴里連忙**打圓場**。

在園丁帶領下，才走了不到十分鐘，他們已來到園內最大的溫室。

「好**暖和**呢！跟室外完全是兩個世界！」華生一踏進溫室，就有點驚訝地說。

「在秋冬，溫室會維持在 **21 度**左右，讓熱帶植物保持健康。」園丁說。

「啊！」這時，愛麗絲突然指着上方驚叫一聲。眾人循她所指的方向看去，只見一隻**紅色**的大鳥停在樹上。

「是**鸚鵡**！看來跟我走失的那一隻是同種！」巴里興奮地説。

「是嗎？那麼讓我『**請**』牠下來吧。」福爾摩斯説着，再次拿出「法寶」。

「『請』牠下來？」華生訝異地問，「你懂得變魔術嗎？怎樣『請』牠下來？」

「鸚鵡和烏鴉一樣，都很容易被**反光**的**物體**吸引。」

説着，大偵探把「法寶」拆成三截，並將

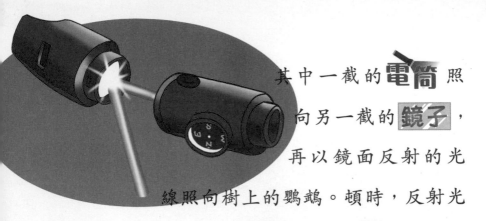

其中一截的**電筒**照向另一截的**鏡子**，再以鏡面反射的光線照向樹上的鸚鵡。頓時，反射光引起了鸚鵡的注意。福爾摩斯見**機不可失**，立即輕輕地晃動鏡子，令光線在牠身邊亂舞。

鸚鵡的脖子晃來晃去，追蹤了光線一會後，突然「啪沙」一聲展開翅膀**一躍而下**，輕輕地降落在福爾摩斯的手臂上。

「牠腳上的小紅圈是不是寫着 B40？這是我給牠取的編號。」巴里緊張地説。

大偵探用「法寶」中的**迷你放大鏡**看了：「確實寫着 B40 呢。」

「原來這鸚鵡是你們的？」園丁説，「牠很**乖巧**，今早飛進來後，並沒有啄食任何植

物和果實。」

「牠真**聰明**呢！懂得飛來溫室取暖！」小兔子的話音剛落，他的肚子就「咕」的一聲叫了起來，頓時引起**哄堂大笑**。

「哈哈哈，小兔子餓了，這鸚鵡也餓了吧？」福爾摩斯從「法寶」中抖出了一些**花生碎**，讓鸚鵡**津津有味**地吃起來。

「你怎會隨身攜帶花生碎的？」華生問。

「我聽說植物園有很多雀鳥，就準備了一些花生碎來餵鳥，沒想到現在派上用場呢。」福爾摩斯一臉滿足地看着鸚鵡**大快朵頤**。

「非常感謝你們為我找回牠啊。」巴里感激地說，「為了不要再有鳥兒走失，看來我得

聘請一個工人專門照顧那 **40 隻鸚鵡** 呢。你們可作介紹嗎？」

「可以！可以！」小兔子舉起手説，「我的朋友 **羅拔** 正在找工作，他很喜歡小動物，叫他來照顧鸚鵡最適合不過了！」

「我也認識羅拔，他是個 **老實可靠** 的小伙子。」福爾摩斯也 **幫腔** 道。

「是嗎？那麼，請叫他明天來找我吧。」巴里掏出名片遞上，「對了，你們有空也可以來玩玩，看看那 40 隻鸚鵡啊。」

「哇！太好了！我去！我去！」小兔子興

奮得**手舞足蹈**。

「我也去！」愛麗絲也搶着説。

然而，這時小兔子他們並沒想到，羅拔接下照顧鸚鵡的工作後，竟遇上大麻煩，令我們的大偵探又一次不得不**出手相助**呢。

翌日，羅拔獨個兒來到貨倉見工，巴里非常喜歡他，馬上叫他上班。

貨倉其實只是一間正方形的小屋，屋內放了**8個大鳥籠**，並排成一個「回」字，每個籠中有**5隻鸚鵡**。

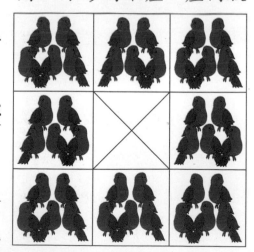

「你的工作是餵飼鸚鵡的早午晚

*有關羅拔的故事，請參看《大偵探福爾摩斯⑯奪命的結晶》。

三餐，每次餵完都要點算好，確保有**40隻**。」
巴里一頓，又指着室內的溫度計說，「還要適時補充壁爐的柴火，睡前必須加柴，確保維持在 20 至 25 度，絕不能讓室內溫度低於 20 度，否則鸚鵡會**着涼生病**。」

「明白了，巴里先生。」羅拔有禮地點點頭。

待老闆離去後，羅拔見溫室計降至 22 度，便立即加柴，心想：「這份工作是小兔子介紹的，一定要**努力做好**。」

巴里從貨倉回到旁邊的商店，工頭**弗雷德**拿着價目表走了過來，並問道：「老闆，這標價真的沒錯嗎？一隻鸚鵡竟比我的年薪還要多！」

「別那麼**大驚小怪**啊。」巴里笑道,「這些鸚鵡懂得模仿人的說話和聲線,羽毛又艷麗奪目,是**珍貴**的外國品種啊。」

「原來如此,怪不得標價這麼貴了。」弗雷德低頭看着價目表**喃喃自語**。

翌晨,弗雷德來到羅拔駐守的貨倉**巡視**,看到羅拔正在點算鸚鵡。

「13、14……啊……15……15……」羅拔數來數去,數到 **15** 就數不下去了。

「怎麼了?怎麼數到 15 就不數了?」弗雷德感到**奇怪**,於是問道。

「工頭,早安。」羅拔有點緊張地說,「我……我的腦筋不太好,太大的數字都**記不牢**……」

「啊?原來是這樣啊。」弗雷德**恍然大悟**,

「難怪你數到 15 就停住了，**40** 這個數字對你來說太大了吧？」

「是的，不好意思……」羅拔垂頭喪氣地說，「我本來以為自己做得來的……」

「哎呀，不必憂心啊。」弗雷德拍一拍羅拔的肩膀，安慰道，「我教你一個方法，只要能數到 **15**，也能數出籠裏是否有 **40** 隻鸚鵡。」

「真的嗎？」羅拔大喜，「那麼，請你馬上教我吧。」

「你看，這些鳥籠成『回』字形排列，就像一個四方形，而每邊有 **3個籠**，每個籠有 **5隻**，就是說，每

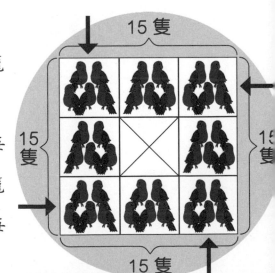

邊共有**15隻鸚鵡**。」弗雷德耐心地教導，「你
數鸚鵡時，每邊數一次，看看是否有 15 隻，只
要 **4次** 都數到有 15 隻，就代表鸚鵡齊全了。」

「數完 4 次，每次都數到有 15 隻就行嗎？」
羅拔問。

「對，4×15 ＝ **40** 嘛。」

「4……乘……15 等於……40 嗎？」羅拔
一臉茫然。

「看來你不太懂乘數呢。」弗雷德笑道，「別
擔心，總之每邊
數到有 **15隻**
就行了。」

「好的，
我明白了。」
羅拔用力地點

點頭。

然後，他按照弗雷德的方法，一**板**一**眼**地數，數完 4 邊後，就開心地說：「每邊都有 15 隻，即是共有 40 隻啦。」

「對，就是這樣。」弗雷德嘴角泛起一絲**耐人❓尋味**的微笑，就走開了。

一個星期後的早上，巴里來到貨倉，與羅拔和工頭弗雷德一起，把鸚鵡逐一抓到一輛馬車的大鐵籠中，準備**送貨**給訂購了的客人。

可是，當把全部鸚鵡抓完後，巴里點算了一下，卻不禁驚呼：「哎呀，怎麼**少了 4 隻**？」三人慌忙回到貨倉去看，但每個鐵籠都**空空如也**，並沒有抓漏的鸚鵡。

「我……我 1 個小時前……才數過有 **40**

隻的。」羅拔**期期艾艾**地解釋，「我今早一直在這裏……沒走開，也沒看見鸚鵡**飛走**啊。」

「老闆，打擾一下。」弗雷德把巴里拉到一旁，輕聲說道，「我懷疑羅拔有所**隱瞞**。」

「甚麼？」

「我見過那小子常常**打瞌睡**，又發現他做事很**粗疏**。」弗雷德一臉認真地說，「他一定是在餵鸚鵡時，大意地讓4隻**走失**了，但怕責罵而不敢承認。」

「真的嗎？」巴里不敢相信。

「巴里先生！早安！」

「早安！我們來看**鸚鵡**啦！」

這時，兩人身後響起了小兔子和愛麗絲的聲音。原來，他們與福爾摩斯和華生剛好**到訪**。

「福爾摩斯先生，你來得正好！這次又要麻煩你了！」巴里連忙趨前說。

「怎麼了？」福爾摩斯訝異地問。

「是這樣的，我不見了4隻鸚鵡。」巴里**一五一十**地把剛才的情況告知。

聽完後，福爾摩斯往弗雷德瞥了一眼，然後在巴里耳邊輕聲問道：「餘下的**36隻鸚鵡**看來**健康**嗎？」

「從羽毛狀態和活躍程度看來，牠們都很健康，沒生病。」

「唔……這樣嗎？」福爾摩斯一邊呢喃，一邊走近壁爐看了看，「鸚鵡是**溫帶動物**，這幾天已冷了很多，牠們又怎會飛到外面去呢？」

「你的意思是，鸚鵡並非走失？」華生問。

「難道有人**偷走鸚鵡**？那麼，犯人又是誰呢？」愛麗絲看了看**垂頭喪氣**地站在一角的羅拔。

「絕對不會是羅拔！」小兔子**仗義執言**，「他是清白的！」

「不必急於下結論。」福爾摩斯擺擺手說，「待我先向羅拔**了解**一下吧。」

說完，我們的大偵探走到羅拔面前，柔聲問道：「羅拔，聽說你在 1 小時前數過鸚鵡，當時並沒有少，是真的嗎？」

「真的……我數了**每邊**都有**15隻**……」羅拔戰戰兢兢地答道，「弗雷德先生說過……只要**4邊**都有**15隻**，就等於有……**40隻**了。」

「啊？是弗雷德先生教你那樣數的？」

「是……因為我腦袋**不靈光**，數數目只能數到 15……」

「原來如此。」福爾摩斯**若有所思**地點點頭，並向巴里問道，「你們抓鸚鵡到馬車上時，有注意到籠子裏的鸚鵡都是**5隻**嗎？」

「啊……」巴里想起甚麼似的說，「我當時沒注意，經你這麼一問，我就記起來了。本來每個籠子都有 5 隻鸚鵡的，但剛才看到有些籠

子只有 **3隻**，有些籠子卻有 **6隻**。」

「真的？你沒看錯吧？這與破案有重大關係

啊。」

「是真的。」巴里肯定地說，「絕對沒看錯。」

一直站在一旁不作聲的弗雷德聽到兩人的

對話，突然顯得有點兒**惴惴不安**。

「弗雷德先生，你

呢？你當時有沒

有注意到每個籠

的鸚鵡數量？」

福爾摩斯**出其不意**

地問。

「啊！我嗎？」弗雷德嚇了一跳。

他看了看巴里，**吞吞吐吐**地說：「我沒

注意。」

「嘿嘿嘿！」

福爾摩斯冷笑數聲，

突然大手一揮，指

着弗雷德喝道，「你一定有注意到！因為**調亂**

鸚鵡數目的是你！偷走4隻鸚鵡的也是你！」

「啊！」不僅弗雷德大吃一驚，連眾人都

被大偵探那**突如其來**的指控嚇呆了。

「為……為甚麼這樣說？」巴里問。

「小兔子、愛麗絲，你們平時這麼喜歡

鬥嘴較量，快向巴里先生解釋一下我為何這

樣說吧。」福爾摩斯說。

「甚麼？我……我**不懂**啊。」

小兔子搔搔頭說。

「我……我也**不懂**啊。」愛麗絲

也尷尬地應道。

「哼！平時就逞英雄，連這麼簡單的小把戲也不懂破解，真沒用。」福爾摩斯說着，在筆記簿畫了兩個**九宮格** (圖A和圖B)。

「來看看吧。」福爾摩斯說，「格子代表籠子，數字代表鸚鵡的數量。圖A代表原來每個籠子關了**5隻**鸚鵡，總共有**40隻**。那麼，如果圖B中的鸚鵡總共是**36隻**的話，圖B中的空格又分別放了多少隻鸚鵡呢？只要懂得填上數字，就能一舉破解鸚鵡竊賊的小把戲了。」

> 大家也試在圖B的空格上填上數字，使每一邊的數字加起來都是15吧。注意：填上的數字必須是3或6，而全部8個數字加起來必須是36啊。

圖A

5	5	5
5	✕	5
5	5	5

圖B

		6
	✕	3
	3	

小兔子和愛麗絲苦苦思索，可是仍然~~不得~~

要領。就在這時，一個聲音忽然響起。

「**嘿，別動啊！再動就宰了你！宰了你！**」

「弗雷德？你説甚麼？」巴里以為弗雷德在説話，轉過頭去問。可是，只見弗雷德看着敞開着的窗户，顯得一面驚訝。

「**嘿，別動啊！再動就宰了你！宰了你！**」

眾人也朝窗户看去，原來窗邊站着一隻**鸚鵡**。牠不停扭動脖子，好奇地看着他們。

「啊！那是其中一隻失蹤的鸚鵡！」巴里看到牠腳上的 **紅圈子**，不禁大喊。

「**嘿，別動啊！再動就宰了你！宰了你！**」

鸚鵡忽然飛到羅拔肩

上，不斷重複這句罵人的說話。

「怎會這樣的？那**腔調**跟弗雷德**一模一樣**啊。」巴里大為驚訝。

「嘿嘿嘿，我不是說了嗎？」福爾摩斯狡點地一笑，「弗雷德是**鸚鵡竊賊**呀！他一定是在偷鸚鵡時不斷說這句髒話，那鸚鵡就學着叫了。而且，你看看他的臉上不是有幾條**爪痕**嗎？不用說，那就是偷鸚鵡時被**抓傷**的。」

弗雷德看到**鐵證如山**，「咚」一聲跪坐在地上，有氣無力地坦白了一切。

原來，他得知鸚鵡很值錢後，故意向羅拔傳授數鸚鵡的方法，然後趁羅拔上洗手間時偷走了**4隻**。不巧的是，其中**1隻**抓傷他後逃脫了。但他沒想到，外面的溫

度太冷，逃走了的那隻會飛回來取暖，還不斷學着他的腔調叫罵，最終還揭穿了他的惡行。

「福爾摩斯先生，有件事我不懂。」巴里**不明所以**地問，「羅拔每次數也數對，但為甚麼鸚鵡被偷後，他仍沒察覺總數少了呢？」

「嘿嘿嘿，因為弗雷德在教羅拔數鸚鵡時玩了個**小把戲**呀。」福爾摩斯在圖 B 的九宮格上填上數字後，向眾人展示說，「你們看，只要在籠子上這樣調動鸚鵡，不論羅拔怎樣數，每邊都是**15隻**，但總數卻只有**36隻**啊。」

「啊！原來是這樣啊！」巴里和華生等人看到九宮格上的數字，終於**恍然大悟**。

正當他們的注意力集中在九宮格上時，弗雷德突然一個翻身彈起，拔足往門口逃去！

「休想逃！」幸好小兔子反應快，迅速把

腳一伸，就把弗雷德**絆倒在地**。福爾摩斯見
狀亦馬上飛撲過去，把他牢牢地按在地上。

弗雷德仍想掙扎，但這時一個**響亮**的聲
音響起。

「嘿，別動啊！再動就宰了你！宰了你！」

「別動啊！再動就宰了你！宰了你！」

「宰了你！宰了你！宰了你！」

眾人呆了一下，當看到鸚鵡飛到大偵探旁
邊呱呱叫時，馬上**轟然大笑**起來。

6	3	6
3		3
6	3	6

上圖的分配方式能夠符合巴里和羅拔的證詞：

1. 巴里取鸚鵡時，有些籠中有 6 隻，有些籠中只有 3 隻。

2. 鳥籠的擺法呈「回」字形，在每邊都能看到 15 隻。

3. 當鸚鵡減至 36 隻時，羅拔依然能在每邊看到 15 隻。

弗雷德的犯案手法：

弗雷德利用羅拔記不牢數字的弱點，令他以為每邊數到「15 隻」就行。然後，他趁機偷走 4 隻，同時調動每個籠子的鸚鵡數目，變成每籠 3 隻或 6 隻。這麼一來，每一邊的數目加起來都是 15 隻，就算他偷走了 4 隻，羅拔也不會察覺了。

福爾摩斯和華生辦完案回家，誰料中途突然下起雨來，兩人急忙走到一家玻璃用品店的屋簷下避雨。

「唔？」福爾摩斯往櫥窗瞥了一眼，不禁轉過身去，若有所思地看着裏面琳琅滿目的商品。

「怎麼了？」華生問。

「沒甚麼，只是之前做實驗時打破了一個罕有的瓶子，沒想到在這裏──」

「等等！先不要買！」一個聲音突然從背後響起。

二人回頭一看，只見小麻雀撐着雨傘站在他們跟前。他是少年偵探隊的成員，最喜歡與師奶搭訕，是收集街頭情報的高手。

「為甚麼不要買？」福爾摩斯問。

36

　　「哎呀，你不知道嗎？周末將會舉辦**嘉年華**。」小麻雀煞有介事地說，「這條街的所有商店都**減價 ⑤ 酬賓**，到時才買不是更划算嗎？」

　　「是嗎？太好了！」福爾摩斯頓時兩眼發亮，更不禁讚道，「果然是小麻雀，消息很靈通呢。」

　　「嘻！**禮尚往來**，我分享了情報，你也該幫幫忙吧。」小麻雀說，「少年偵探隊剛剛

遇上一個**大麻煩**啊。」

「甚麼麻煩？查案的話只能打八折啊。」

「不是查案啦。」小麻雀搖搖頭，「只是一椿**工作上的麻煩**。」

「工作上的麻煩？」華生訝異，「甚麼工作？」

「說來話長，不如跟我來吧。」

這時，正好雨停了。在小麻雀帶領下，兩人來到**商店街**的街尾，看到小兔子和幾個隊員站在一根燈柱下**發愁**。

「呵呵，小兔子，聽說你惹上了麻煩呢。」福爾摩斯語帶戲謔地說。

「別亂說，我才沒惹上麻煩！」小兔子抗議，「只是遇上一個**難題**罷了！」

原來，商店街正籌備夏季嘉年華，需要大量人手幫忙。為了賺點外快，小兔子就向主辦方**毛遂自薦**，帶領少年偵探隊打掃街道，並替街上的所有燈柱掛上裝飾。

「可是，當我們想**平分**工作時，卻不知道每人該負責裝飾多少根燈柱。」小兔子皺着眉頭說。

「嘿，還以為是甚麼難題，一點也不難啊。你們只要弄清楚商店街**全長多少**，以及每根燈柱之間**相距多遠**就能分工了。」說着，大偵探拿出尺子，量度了一塊地磚的長度，再數了一下兩根燈柱之間有多少塊地磚，就得出答案——兩根燈柱間相距 **12米**。

「但還須確認一下，看看所有燈柱之間的距離是否一樣。」福爾摩斯説。

「都是一樣的！」小老鼠大聲搶道。

「你怎麼知道？」華生問。

「這張宣傳單張上寫着呀。」小老鼠舉起一張紙，「上面説，這條街的『**街燈排列整齊，距離絲毫不差**』，是倫敦的模範街道。」

「嘿，果然是小老鼠，真細心呢。」福爾摩斯讚道，「那麼，上面有説明整條街全長多少嗎？」

「是 **960** 米！」

「很好，資料已齊全。」福爾摩斯對小兔子說，「你還記得上次我們如何替糕餅店經理解決難題*嗎？試試用計算**平均數**的方法去算出燈柱的數目吧。」

「哈哈！只是條除數罷了，太簡單啦！」小兔子自作聰明地說，「960÷12 = 80，即是**80根**！」

「不……應……該……是……**81**……根……」小樹熊緩慢地說。

「嘿嘿嘿，小樹熊說話和動作都慢，腦袋卻很清醒呢。」福爾摩斯笑道。

「甚麼？不是**80根**嗎？」小兔子不服氣。

「我也認為是**80根**。」小老鼠聲援。

80 根？
還是
81 根？

*詳情請看《大偵探福爾摩斯 數學偵緝系列②神探小兔子》的「小兔子捕鼠任務」。

「不，應該是 **81 根**。」小麻雀卻支持小樹熊。

「**80 根！**」
「**81 根！**」
「**80 根！**」
「**81 根！**」

隊員們分成兩大陣營，爭論得**臉紅耳赤**、各不相讓。

「哎呀，你們靜一靜，那確實是 **81 根**啊！」福爾摩斯**一錘定音**，「不過——」

「聽到了嗎？是 81 根，我們分工裝飾 81 根燈柱吧！」小胖豬搶道。

「等等——」

一眾隊員聽到分工就十分興奮，**七嘴八**

地討論起來，完全蓋過了大偵探的聲音。

「我們 6 個人去裝飾 81 根燈柱，即是 81÷6 = 13，餘數是 3。每人負責 **13 根**。」小麻雀說。

「但餘下的 **3 根** 怎麼辦？」小老鼠問。

「請福爾摩斯先生幫忙吧。」小兔子提議。

「好呀，就請福爾摩斯先生幫忙吧！」小胖豬和議。

「我贊成！」阿猩也支持。

「我⋯⋯也⋯⋯贊⋯⋯」

「夠了、夠了，不用說了。」福爾摩斯制止緩慢的小樹熊說下去，「其實，你們搞錯了，我還未說出**完整的答案**啊。」

「甚麼？不是 81 根嗎？」阿猩歪着頭問。

「你們太大意了。」華生提醒，「街道**兩**

旁都有燈柱，**總數**又怎會是 81 根呢？」

「呀！我明白了！」小兔子搶道。

「明白了嗎？」大偵探補充

道，「你們負責

裝飾的燈柱

剛好可以平

分，別把我

扯下水啊。」

難題①：商店街全長 960 米，從街頭開始，每隔 12 米就有一枝燈柱，街頭和街尾兩端各有一根燈柱，而街道兩側的燈柱數目一樣。那麼，商店街總共有多少根燈柱？少年偵探隊共 6 人，每人要負責裝飾多少根燈柱？答案在 p.54。

「知道了！」少年偵探隊謝過福爾摩斯後，

便開始**分配**掃帚和彩色紙帶等工具，各忙各

的去了。

到了周末，天朗氣清下的商店街**熙來攘往**。孩子們穿梭各個攤位遊戲，大人則忙着採購特價貨品。

「沒想到店家減價得如此**大刀闊斧**！」

「這次省下不少錢呢！」

福爾摩斯和華生**你一言我一語**，滿足地抱着購物袋步出商店。

「咕……」

這時，二人的肚子不約而同地打起鼓來，於是走到路邊的**茶座**☕坐下。

一名侍應生笑眯眯地上前招呼：「歡迎光臨，請問幾位？」

「兩——」

「**且**✋**慢！**」一個聲音打斷了福爾摩斯，小兔子又領着隊員跑了過來。

「唉，又是你們，今次想怎樣啊？」福爾摩斯沒好氣地問。

「嘿嘿，沒甚麼，只是想問一下兩位的**意見**而已！」小兔子説。

華生看到這羣小鬼頭堆着笑臉，就知道他們正在打着甚麼鬼主意。

「今天的商店街**乾淨**嗎？」小老鼠問。

「乾淨呀。」福爾摩斯敷衍地說。

「街燈的裝飾都**漂亮**吧？」小胖豬問。

「漂亮。」他再敷衍。

「嘉年華是普天同慶的日子，該請我們吃午餐**慰勞**一下吧？」小兔子狡黠地一笑。

「好——」大偵探想再敷衍，但把話說到嘴邊卻馬上剎住。

「甚麼？居然想**暗算**我？」大偵探一口拒絕，「不行，我最近**囊中羞澀**，哪有錢請客！」

「哎呀，我們的胃口小，不會把你吃得**囊空如洗**的！」小兔子死纏爛打。

「胃口小又如何？上次請你吃曲奇就令我差點連房租也交不出呀*！」

這時，在旁的侍應生笑道：「敝店有兒童餐，價錢不貴。」

華生看到侍應旁邊豎立一塊宣傳牌，上面寫着**成人餐**和**兒童餐**，售價分別是**5先令**和**2先令6便士***。

「不僅這樣，大小同行還有**折扣**呢！」店員指着宣傳牌的另一面說。

華生問：「如果每名大人與3名小孩同行，

貝格茶座
夏日優惠
• 每1名大人與2名小孩同行，該2名小孩的兒童餐可獲半價優惠。
• 如只有1名小孩同行，則須付正價。
• 堂食另加10%服務費。

優惠又怎麼計算？」

「很簡單，同行的 3 名小孩中，只有**2名**可享半價優惠，餘下**1名**則須付正價。」店員答道。

「看！太**划算**啦！福爾摩斯先生，快！快！快！快請客！」小兔子興奮地叫嚷。

「對！快！快！快！福爾摩斯先生快請客！」少年偵探隊的一眾隊員也大聲附和。

「嘿嘿嘿，想用羣眾力量來逼我就範嗎？」福爾摩斯狡黠地一笑，「好呀，請就請吧，只要你們答對一個問題我就請！」

難題②：如果我和華生 2 人各點一份成人餐（每份 5 先令），並請 6 名小孩每人吃 1 份兒童餐（每份 2 先令 6 便士），再加上堂食的 10% 服務費。我最終要付多少錢？答案在 p.55。

少年偵探隊聽到問題後，露出**一籌莫展**的模樣。

「哈哈哈，華生，看來我想慷慨解囊也不行呢。」福爾摩斯**自鳴得意**，「來！我們各自點一個成人餐，慶祝這幫小屁孩敲竹槓失敗吧！」

「**鈴鈴鈴——**」

這時，茶座店門上的搖鈴忽然響起來，一個少女從店內走出來。

「咦？你們也來吃飯啊？」少女看着眾人說。原來，她不是別人，就是以**牙尖嘴利**著名的**愛麗絲**。

「愛麗絲！幫幫我們吧！」小麻雀像看到救星似的，吱吱喳喳地把事情一五一十地告之，希望她出手相助。

「嘿，我們的大偵探先生之前說沒錢交租，原來是騙人的？」愛麗絲打量了一下大偵探手上的購物袋，語帶譏諷地說，「既然你有錢購物，也應該有錢請偵探隊隊員吃一頓飯吧？」

說罷，她隨即轉過頭去，在小兔子耳邊輕聲說了些甚麼。

「哈！我知道答案了！」小兔子高興地叫道。

「無效！無效！知道答案的是愛麗絲，你

們只是『抄答案』，不算答對。快滾吧！」
大偵探別過頭，揚揚手趕孩子們離開。

「鈴鈴鈴──」店門的搖鈴再次響起。

「哎喲，是你們呀？」**房東太太**從店內
走出來，向眾人打招呼。

「午安，房東太太。」華生説。

「午安，華生先生。對了，福爾摩斯先生，
你剛剛説『請吃飯』嗎？請問請誰吃呀？」
房東太太看了看街童們，「噢！是請這些孩子
嗎？」

「等等，請聽我解釋──」福爾摩斯正想
開口**否認**，就被房東太太打斷。

「我懂，我懂，夏季嘉年華嘛，**普天
同慶**！在節日請街童們吃飯是很好的善舉，你
真有**愛心**呢！」她衷心地稱讚。

「對，福爾摩斯先生是真正的紳士，又慷概又有愛心！」少年偵探隊乘機**歡呼**，「謝謝福爾摩斯先生，我們每人一份兒童餐就夠了！」

「喂、喂、喂！我還沒——」

「福爾摩斯先生，你除了是倫敦最著名的偵探外，一定還會成為最著名的**慈善家**呢！」房東太太在福爾摩斯的面頰上吻了一下。

愛麗絲見狀，**不懷好意**地湊到福爾摩斯的耳邊輕聲說：「這是**死亡之吻**啊，孀孀最討厭吝嗇鬼，不請客的話，下個月就會加租兩成了。」

「甚麼？」福爾摩斯大吃一驚，被嚇得摔個**四腳朝天**。

難題①：**這是一種「間隔數」算術題。商店街全長960米，街上的燈柱以等距排列，橙柱之間相距12米。要知道燈柱數目，請看下圖。**

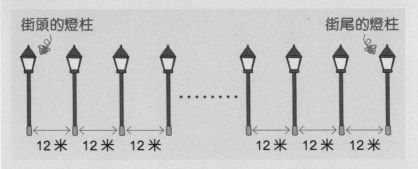

街頭的燈柱　　　　　　　　　　　　　　　　街尾的燈柱

12米　12米　12米　　　　　　12米　12米　12米

　　上圖可見每1根橙柱後有12米，街頭和街尾兩端都各有一根燈柱。從街頭的第1根燈柱開始計算，當數完960米至街尾時，須加上街尾的那1根橙柱，才是街道其中一側橙柱的總數。因此，算式是 960÷12 +1 = 81 根。

　　由於商店街兩側都有同等數量的橙柱，故此須把 81 乘以 2，便得出商店街所有燈柱的總數為 162 根。

　　少年偵探隊共有 6 名隊員，162 根 ÷6 = 27 根，即每人須負責 27 根燈柱。

難題②：

　　「先令」和「便士」都是英國貨幣單位，每 1 先令等於 12 便士。

　　首先，把售價的「先令」一律換算成「便士」。

成人餐：5 先令＝ 5 x 12 ＝ 60 便士

兒童餐：2 先令 6 便士＝ 2 x 12 ＋ 6 ＝ 24 ＋ 6
　　　　＝ 30 便士

　　少年偵探隊共 6 個小孩，福爾摩斯和華生是 2 個大人，故只能讓其中 4 個小孩享用兒童餐半價優惠，剩下 2 個小孩須付正價。另外，餐廳還要收取 10% 服務費。

　　故此，算式如下：

[2 x 60 ＋ 4 x（30÷2）＋ 2 x 30] x（1+10%）
（大人價錢）（小孩優惠價）（小孩正價）　　（服務費）

＝（120+4x15+60）x 110%

＝（120+60+60）x 110%

＝ 240 x 1.1

＝ 264 便士

　　最後，換算成先令，即福爾摩斯和華生要付 264÷12 ＝ 22 先令。

盜馬奇案

「真不走運，竟要在這種鄉下地方多滯留一天！」

早上7時，李大猩在火車站前大發牢騷。

原來，福爾摩斯、華生、李大猩和狐格森昨晚在西南部的達特姆爾辦完案，本想今早乘火車離開，卻遇上路軌壞了，被逼多滯留一天，要待維修完工才能起行。

「咦？這不是福爾摩斯先生嗎？啊，還有華生先生和兩位蘇格蘭場警探呢！你們來這裏查案嗎？」一位戴眼鏡的**老紳士**看到4人，連忙走過來打招呼。

「你不是**羅斯**上校嗎？好久不見了。」福爾摩斯一眼就認出這位紳士，他就是「銀星神駒失蹤案」*中的馬主。當時他的愛馬失蹤了，全靠福爾摩斯為他尋回。

「羅斯上校，火車**停駛**一天，我們回不了倫敦，正想返回旅館啊。」狐格森答道。

「是嗎？我本來也想今早回倫敦的，現在計劃被**打亂**了，也得留下來多住一天呢。」羅斯上校想了想，說，「你們與其花錢在旅館過夜，不如跟我一起回養馬場小住一天吧？反正客房

*有關羅斯上校和銀星神駒的故事，詳見《大偵探福爾摩斯⑤銀星神駒失蹤案》。

多的是，也不缺 紅酒 和 美食 呢。」

「不怕打擾你嗎？」華生問。

福爾摩斯最愛白吃白喝，慌忙搶道：「哎呀，華生你説甚麼呀！恭敬不如從命，難得碰到上校，當然要去聚聚舊啦！」

「**對、對、對！**恭敬不如從命，去去去！」李大猩一聽到有紅酒和美食，已忘記了剛才的牢騷。

不一刻，4人上了上校的馬車，直往養馬場開去。

「對了，上校。」在馬車內，華生打開了話匣子，「我們昨天聽說**騎兵隊**來到附近的**市集**，請問發生了甚麼事嗎？」

「哼！騎兵隊來到這種鄉下小鎮，除了**買馬**還有甚麼！」上校一臉**不悅**地說。

華生一怔，知道可能選錯話題了，因為從上校的反應看來，他並不喜歡騎兵。但糟糕的是，狐格森看來並沒有**觀言察色**，竟笑道：「噢！上校的養馬場**良駒雲集**，可以趁機賣幾匹馬大賺一筆呢。」

「甚麼？我像把愛駒拿去**送死**的人嗎？」上校突如其來地怒吼一句，把眾人嚇了一跳。

「都 19 世紀末了，軍中那些守舊派仍迷信騎兵隊的作戰能力，不斷物色**戰馬**，還以為自己在打本世紀初的拿破崙戰爭，好像沒聽過機關槍似的！」上校**滔滔不絕**地罵道，「任誰都知道，不管騎兵隊多勇猛，但在機關槍掃射下只能**兵敗連敗**、**全軍覆沒**啊！」

「是的、是的。」福爾摩斯為免影響待會享受**美酒佳餚**的興致，連忙安撫道，「上校出了名愛馬，怎會忍心讓牠們**戰死沙場**啊！」

華生聞言，也識趣地轉換話題，大談昨天查案的趣事，令上校很快就忘記了剛才的不快。

馬車只開了不到半個小時，就到達了養馬場。華生看看懷錶，剛好是 **7 時半** 。

「咦？羅斯上校，你不是要回倫敦嗎？」一個馬夫有點**錯愕**地迎上來問道。

「**米勒**，鐵路故障走不了啊。不過，在火車站巧遇幾位老朋友，我就邀請他們來住一晚了。」

「原來如此。那麼，你們之後要**外出**嗎？」米勒有點擔心地問，「你的馬車要被調去運貨，恐怕到明早才有馬車可用啊。」

「不要緊，反正客人們昨天忙了一整天，正好要休息一下，我們在大屋內**談談天、喝喝酒**就行了！」

「明白了。」

「對了。」上校**興致勃勃**地吩咐，「先讓幾位客人看看我剛買的那幾匹新馬吧！」

華生心想，上校果然愛馬，一回來就要看馬了。

5人隨米勒來到距離大屋數十碼外的馬廄，看到上校新買的**4匹馬**，但眾人最想看的銀星神駒卻被送到法國參賽，只能**緣慳一面**。

那4匹新馬中，有2匹是年輕的**競賽馬**，另外2匹則是接近2米高的巨型馬，從軀幹到四肢都比一般賽馬**粗壯**。

「哇！好巨型啊！世上竟有這麼巨大的馬？」華生驚歎。

競賽馬

農耕馬

福爾摩斯也不禁讚道：「我也是第一次看到**農耕馬**，非常有壓迫感呢！」

「哎呀，你們被巨馬嚇傻了嗎？」李大猩**嘲笑**道，「甚麼農耕馬呀！馬是用來騎和拉車的，牛才會負責耕田啊！」

「不，這2匹確是農耕馬。而且，還是最巨型的品種——我們英國的**夏爾馬**。」羅斯上校自豪地介紹，「牠的腿和蹄比一般馬粗壯，體重超過1噸，無法像賽馬般奔馳，只能步行。不過，牠們勝在**氣力大**，可拖拉重物，所以可以用來耕田。我年輕時，還看過牠們拉着大砲和運輸車上戰場呢。」

「上校，我的搭檔**見識淺薄**，請你多多包涵。」狐格森趁機**嘲諷**。

64

「你說甚麼？難道你懂？」李大猩怒瞪狐格森，作勢要罵。

福爾摩斯恐怕兩人爭吵起來，立即搶道：「上校，你養馬不是為了**比賽**嗎？為何買入農耕馬呢？」

「因為我最近買了塊**農地**，準備送農耕馬過去幫忙呀。」羅斯上校笑道，「雖然牛可以耕田，但我喜歡馬，就特意挑選了農耕馬。而且，牠們雖然不能奔跑，但總比牛走得快，用來**拉車代步**也方便。」

「原來如此，真是長知識了。」

4人與上校東拉西扯地談了半個小時養馬之道後，於**上午8時**左右一起回到大屋去，只留下米勒一人在馬廄照料馬匹。

他們在大屋中下下棋、打打桌球，又品嘗紅酒和美食，很快就消磨了一整天。

當時鐘指向 **下午 6 時正** 時，突然「 ■、■、■ 」的一陣激烈的狗吠聲響起，劃破了大屋的平靜。

「唔？是牧羊犬阿旺的叫聲！牠負責守衞馬廄，難道那兒出了甚麼事？」上校 **吃了一驚**，連忙往外面走去。福爾摩斯等人見狀也緊隨其後，來到了馬廄前面。

「上校！不得了！不得了！4 匹新買來的馬全部 **不見了** 啊！」一個少年馬僮從馬廄奔出，朝着眾人神色慌張地喊道。

「米勒呢？他沒看着那些馬嗎？」上校大

聲問道。

「不知道啊！他在**早上7點**🕖左右叫我到鎮裏辦事，我**下午5點**🕔回到來時，他又叫我帶阿旺去散步，之後就沒再見過他了。不過……」少年**欲言又止**。

「不過甚麼？」上校喝問，「別**吞吞吐吐**的，有話快說！」

「不過……我早幾天聽到他和一個馬販子談話，好像很關心騎兵隊**收購馬匹**的事。」少年有點猶豫地說，「此外……米勒最近在賽馬中輸了很多錢，早幾天還有人上門**追債**。」

「甚麼？竟有這樣的事？難道他要把我那4匹馬賣給騎兵隊？」上校**大驚失色**，慌忙問道，「你知道騎兵隊甚麼時候離開嗎？」

「他們應該還在市集，聽說**晚上7點半**就離開。」

「晚上7點半？那怎麼辦啊？」上校急得如**熱**窩上的**螞蟻**。

「追！我們馬上趕去市集截住騎兵隊吧！」福爾摩斯提議。

「追？」上校搖搖頭，「惟一的馬車去了運貨，那4匹馬又給米勒偷走了，怎樣追啊？」

福爾摩斯想了想，突然**靈機一觸**：「有了！在調查銀星神駒一案時，我記得去過附近一個養馬場，那兒的主人名叫**犀布朗**，可以去找他幫忙。」

「呀！我怎麼忘了他呢？沒錯，去找他借輛馬車就行了！」上校**言出即起行**，馬上與大偵探4人趕去犀布朗的養馬場。

犀布朗一看到來者是福爾摩斯，知道不能得罪，爽快地借出了一輛由 4 匹壯馬拉動的馬車，並說只須花 **1 小時** 就可去到市集。

4 人一登上馬車，馬車就全速奔馳。他們坐好後，已 **急不及待** 地討論起案情來。

「我被偷的那 4 匹馬的 🐎 **步速** 各有不同，從我的馬廄走到市集，牠們分別要花 1 至 4 小時才能去到。即是說，最快的跑 **1 小時**；第二快的跑 **2 小時**；第三快是農耕馬，要

走 **3 小時**；最慢的那匹則更要走 **4 小時** 啊。」上校說。

「4 匹都不同，速度的差別也很大呢。」福爾摩斯說。

「是啊。」上校繼續說，「這幾匹馬還很有個性，用繩子把 4 匹串連在一起的話，牠們是死也不肯走的，就算 3 匹一起也不行。但奇怪的是，只**串連2匹**的話，卻會很聽話地一起行走了。當然，走得快的要減速來**遷就**走得慢的才行。」

「換句話說，用最快的馬拉着最慢的一起走，也要花 4 小時才能走到**市集**吧？」福爾摩斯問。

「正是如此。」

福爾摩斯皺起眉頭想了想，說：「那麼，

米勒騎着 1 匹馬，每次也只能帶 1 匹馬去市集。然後，又要騎其中 1 匹回到馬廄，再帶走另 1 匹，**來回走 3 次**才能偷走全部 4 匹馬呢。」

「哇！這不是極之**花時間**嗎？」李大猩數了數手指，「他要花⋯⋯要花⋯⋯多少時間才能偷走全部 4 匹馬呢？」

「嘿嘿嘿，數學零蛋的你又怎會算得出來？」狐格森「**吭吭吭**」地清了一下喉嚨，以炫耀的口吻説，「讓我來算吧！首先，按速度把 4 匹馬分成 A、B、C、D。A 最快，跑**1 小時**就能去到市集；B 第二快，跑**2 小時**。C 是農耕馬，要走**3 小時**；最慢是 D，

花 **4 小時** 才能去到市集。」

「哼！甚麼 A、B、C、D，要算就快算，別 **故弄玄虛**！」李大猩不耐煩地罵道。

「稍安毋躁。」狐格森 **成竹在胸** 地說出了他以下的算法。

① 首先，米勒騎着 A，拉着 B，用 **2 小時** 去到市集。他留下 B 在市集中，再騎着 A 花了 **1 小時** 就回到馬廄。即是說，一來一回花了 **3 小時**。

② 接着，米勒再騎着 A，拉着 C，用 **3 小時** 去到市集。他留下 C 在市集中，再騎 A 只花 **1 小時** 就回到馬廄。即是說，一來一回花了 **4 小時**。

③ 最後，米勒再騎着 A，拉着 D，用 **4 小時** 去到市集。這時，4 匹馬已齊集在市集了。

所以，3 小時＋4 小時＋4 小時 ＝ 11 小時，他一共花了 **11 小時**。

華生想了想，提出異議：「時間不對！如果按照你的說法，米勒必須在 **下午 3 時**，騎着 A 把 D 帶走。馬僮又怎會在 **下午 5 時** 看見他呢？」說着，華生在一張紙上，繪畫出狐格森所說的「**運馬時間表**」。

馬廄中	運馬時間	所需時間	市集內
C、D	於8:00-10:00把A和B帶走→	2小時	A、B
C、D、A	←於10:00-11:00騎A回馬廄	1小時	B
D	於11:00-2:00把A和C帶走→	3小時	A、B、C
A、D	←於2:00-3:00騎A回馬廄	1小時	B、C
無馬	於3:00-7:00把A和D帶走→	4小時	A、B、C、D
		共花11小時	

「會不會是那個馬僮說謊呢？」狐格森看完時間表後，不禁質疑。

「不會吧。」李大猩搖搖頭，「那個馬僮看樣子很老實，不像會說謊，但記**錯時間**倒是有可能的。」

「不，他沒有記**錯時間**。」福爾摩斯**一針見血**地指出，「別忘了負責看守馬匹的**牧羊犬**阿旺啊。要是4匹馬在下午3點全部不見了，牠不會一聲也不**吭**吧？」

「是的。」上校連忙說，「如果馬廄中還有一匹馬，阿旺不一定會吠，但**全部**被偷走的話，牠一定會狂吠起來。」

「是嗎？」狐格森有點困惑地搔搔頭。

「哇哈哈，好像有人**計錯數**呢。」李大猩趁機嘲笑。

「呀！對了。」狐格森想不到如何反駁，只好急急轉換話題，「我**早上 11 時**向史崔克太太詢問午餐吃甚麼時，米勒還遠遠地向我打了個招呼啊。」

「是嗎？這麼說來……我們 8 時在馬廄參觀完畢，米勒當時在場。接着，他於 11 時向狐格森**打招呼**。然後，又在下午 5 時叫少年去**放狗**……他究竟是怎樣分批偷走馬匹的呢？」福爾摩斯沉思片刻，突然抬起頭來喊道，

「太厲害了！那傢伙竟然想出了一個**非常巧妙的**偷走馬匹的方法！」

「非常巧妙的方法？究竟是甚麼方法？」上校急切地掏出懷錶看了看，「現在快 6 時半了，還有半個小時才能趕到 **市集**，追得上他嗎？」

「不必擔心，先看看這個吧。」福爾摩斯掏出了筆記簿，在上面畫了一個 **時間表**，展示出米勒的偷馬過程。

「啊！果然好巧妙啊！」眾人看後不禁驚歎。

「太好了！」上校興奮地說，「如果他真

的是按這個步驟帶走馬匹，市集 **7 點** 關門，正好趕得上呢！」

晚上 7 時，福爾摩斯 5 人趕到市集，剛好截住了正想把馬匹賣給騎兵隊的米勒。米勒看到羅斯上校時，不僅嚇得目瞪口呆，還雙腿發軟，「啪」的一聲倒在地上，幾乎昏了過去。那麼，他是用甚麼方法分批帶走馬匹，而福爾摩斯又如何識破他的方法呢？

難題：米勒如何分批偷走那 4 匹馬？你又能像福爾摩斯一樣，畫出米勒偷走馬匹的時間表嗎？

福爾摩斯的計算過程

　　4 匹馬的步速不同，從馬廄走到市集要花的時間也各異。為方便說明，現按照狐格森那樣，把馬匹及所需時間表列如下：

編號	從馬廄到市集所需時間
A馬	1小時
B馬	2小時
C馬	3小時
D馬	4小時

　　米勒每次只能從馬廄帶走 2 匹馬到市集，他只要用以下的編排，就能在 11 小時內（上午 8 時至下午 7 時）偷走 4 匹馬了。另一方面，從狐格森和少年的證言中，福爾摩斯知道米勒於上午 11 時和下午 5 時曾在馬廄現身。他根據這兩個時間，也能準確地疏理出米勒以下的偷馬時間表。

時間	馬廄中的馬	人物的行動	留在市集的馬
8am	A、B、C、D	眾人抵達馬廄時，見到米勒	無馬
8am至10am（2小時）	C、D	米勒帶走A和B到市集	A、B
10am至11am（1小時）	A、C、D	米勒留下B，騎A回馬廄	B
11am		狐格森看到米勒與他打招呼	
11am至3pm（4小時）	A	米勒帶走C和D到市集	B、C、D
3pm至5pm（2小時）	A、B	米勒留下C和D，騎B回馬廄	C、D
5pm		米勒命少年帶阿旺外出散步	
5pm至7pm（2小時）	無馬	米勒帶走A和B到市集，阿旺在6pm回到馬廄吠叫	A、B、C、D

蘇格蘭場洗冤記

「**砰**」的一聲，狐格森把審訊室的門關上後，李大猩隨即把一個鏽漬斑斑的**鐵盒**放在桌上，**煞有介事**地跟福爾摩斯和華生說：「接下來你們聽到的、看到的，絕對不能泄露出去。」

「我們沒犯事啊。」大偵探打趣地說，「怎麼把我們關在這裏？」

「別說笑了！」李大猩哭喪着臉說，「我們遇上了**麻煩**啊。」

「對，這還關乎蘇格蘭場的**名譽**啊！」狐格森說。

「究竟怎麼回事？」華生知道孖寶幹探找

他們來必是有事相求，但兩人如此**神經兮兮**
倒是少見。

「唉，事情是這樣的。」李大猩歎了一聲，
「上個月在市內發生了3宗**劫案**，3名受害
人分別被搶了一枚藍寶石戒
指、一個黃金懷錶和一條鑽
石項鏈。在我們**日以繼**
夜地追查下，拘捕了3
名匪徒。」

「那不是很好嗎？」
福爾摩斯道。

「雖然抓到了人，卻找不到被劫的**贓物**。」
狐格森說，「任我們怎樣**軟硬兼施**，那3
名匪徒都堅稱沒搶過東西，也不知道贓物在哪
裏。」

「不過，上星期郵局卻送來這東西。」李大猩說着，打開鐵盒的蓋子，**小心翼翼**地逐一拿出 3 樣物件——藍寶石戒指、黃金懷錶和鑽石項鏈。

「啊。」華生**吃了一驚**，「這些難道就是——」

「沒錯，就是被劫走的東西。此外，盒內還有一封**信**。」李大猩取出信件遞上。

大偵探接過信一看，不禁眉頭一皺。華生連忙探過頭去看，卻見紙上只寫着一句由**剪貼字**拼湊而成的說話。

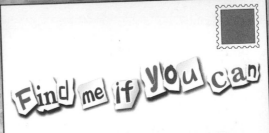

「『**有本事的話就來找我**』。」華

生問，「甚麼意思呢？」

「信是與贓物一起寄來的，看來寄信者才是 **真正的犯人** 呢。」福爾摩斯說。

「該是如此。」狐格森苦着臉點點頭。

華生終於明白兩人為何 愁眉 苦臉 了。要是此事公諸於世，被大眾知道警方不但沒能成功破案，還連續捉錯了無辜市民，蘇格蘭場就肯定 名譽 掃地 了。

「只收到這些東西嗎？」福爾摩斯問。

「其實……」狐格森有些難為情地掏出另一封 信 遞上，「今早又收到這封信。」

福爾摩斯連忙打開信細閱，在旁的華生瞥見信上寫着：

「對於蘇格蘭場如此 ，我實在失

望透頂。不過我寬大為懷，決定給你們一個最後機會去證明自己的實力。一名倫敦市民已被我擄走了，並將於八時把她關在**神的居所**。若想救人，就解開鐵盒的提示，到**萬物匯聚之地**來找我吧，我**不會離你們很遠**。」

「是封挑戰信呢。」華生說，「看來，這傢伙的目的是羞辱警方。」

「這傢伙肯定是個瘋子！」李大猩**咬牙切齒**地道，「為了羞辱警方，竟然還脅持**人質**！」

福爾摩斯沒作聲，只是掏出放大鏡逐一檢視所有物品。

「我們已仔細檢查過，犯人非常**小心**，一個指紋都沒留下。」狐格森道，「那鐵盒因生鏽得很厲害，完全看不到上面有甚麼線索。」

不過，大偵探沒理會對方，只**若有所思**地望着鐵盒。

「唉呀，要是這次搞砸了，就連去白金漢宮守門口的機會也沒有啊，怎麼辦呀？」李大猩**抱頭叫苦**。

「嗚，到時只好一起去當公寓的保安了。」狐格森也**急得團團轉**說。

這時，福爾摩斯忽然說：「我知道人質藏

在哪裏了。」

「你怎知道的？」李大猩瞪大眼睛問。

「它『**說** 』的呀。」福爾摩斯指着
鐵盒 道。

李大猩抓起盒子看了看，恍然大悟地说：
「呀！我知道了！盒子底部印着 **西敏宮**、
大笨鐘 及
倫敦塔
三棟建築物，
人質一定藏
在這些地
方！」

「胡説八
道！」狐格森 **嗤之以鼻**，「人質只有一個，
哪能同時藏在三個地方？動動腦子再説吧！」

「甚麼？我胡說八道？」李大猩反問，「那麼你說，這三棟建築物是甚麼意思？」

「還用說嗎？那些只是**泰晤士河畔**的景點，是包裝盒常用的裝飾，根本與人質的藏身地點無關呀！」

「不！」

華生**靈機**一**動**，「泰晤士河！犯人暗示的是**泰晤士河畔**！」

「嘿嘿嘿，你們三人在**誤打誤撞**的合作下，解開了『鐵盒的提示』呢。」大偵探狡黠地一笑，「而信上的『萬物匯聚之地』該是指**倉庫**，因為只有倉庫才會儲存『萬物』啊。至於最後一句『我不會離你們很遠』就是說他在**蘇格蘭場附近**。」

「在蘇格蘭場附近、泰晤士河畔的倉庫……」李大猩想了想，突然跳起來叫道，「難道是那裏？」

「對！」福爾摩斯眼裏寒光一閃，指着地圖上的一處說，「就是這個已廢棄了的**碼頭貨倉**！」

「太好了，我們快去抓人吧！」李大猩興奮得**磨拳擦掌**。

一小時後，四人已來到碼頭。

時值傍晚，天色逐漸昏暗，河畔兩旁的房屋都亮起了點點燈光。相反，碼頭上卻冷冷清清，不遠處的那幢舊倉庫更顯得有點**陰森恐怖**。

「那裏有**燈光**。」華生壓低嗓子，指着一樓其中一個**窗戶**說。

「那一定就是藏參地點，直接衝上去拘捕犯人吧！」李大猩拔出手槍説。

「**萬萬不可**！對方有人質在手，硬闖恐會傷及無辜，我們應該……」福爾摩斯低聲向三人**耳語**一番。

李大猩和華生點點頭，立即持槍衝向貨倉正門。就在這時，突然「**砰**」的一下槍聲劃破夜空。兩人大驚之下，立即一個翻滾，躲到一堆木箱後面。華生驚魂稍定後往上一瞥，卻

見目標的窗户有個**黑影**一閃而過。

「呵呵呵，蘇格蘭場的**酒囊飯袋**竟懂得找到來，真是令人**刮目相**

看 呢！但你們有本事救人嗎？」那個窗戶傳來一陣嘲笑。

「哼！別以為我們蘇格蘭場是吃素的！」李大猩叫道，「快投降吧，否則**後悔莫及**呀！」

「笑話！有本事就來抓我吧！哇哈哈！」狂笑過後，一樓響起一陣遠去的**腳步聲**。看來，犯人正要逃走。

「糟糕！**追！**」李大猩慌忙奔出，直往倉庫大門跑去。福爾摩斯等人見狀，也緊隨其後追去。

可是，當他們衝進了倉庫後，卻突然響起「**啊**」的一下慘叫。接著，「**嘭**」的一聲傳來，一個男人已倒在不遠處的一堆沙包上。

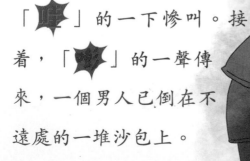

「啊！」眾人大吃一驚，紛紛舉槍對準那男人。但那人卻**一動不動**地躺在沙包上，看來已昏過去了。

「天花板穿了個**大洞**，看來他是從一樓**失足**掉下來的。」福爾摩斯指着天花板説。

華生上前檢查了一下那人的傷勢，道：「他後腦嚴重受傷，不知道何時會醒。」

「到處搜搜，看看人質在哪裏吧。」福爾摩斯提議。

「好！」三人點點頭，就分頭去搜了。可是，他們搜遍整個貨倉，也沒發現**人質**的蹤影。不過，卻在一樓的一張破桌上，找到了一張紙，上面繪畫了三幅圖，還用剪貼字寫着：「以下**3幅圖**各自代表一個**地方**，但只有**1個**是**正確**的，目標就在那裏。」

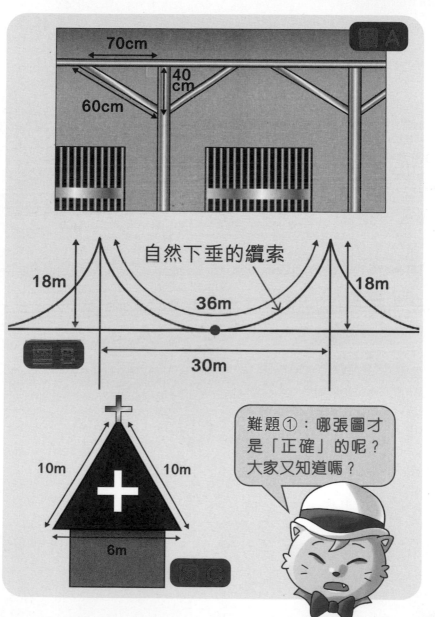

「那人把這道謎題放在桌上，看來是想與我們玩呢。」華生看了看仍昏迷不醒的男人說，「但他沒料到，自己卻失足重傷。」

「哼！這是自作自受！」李大猩悻悻然地說。

「對！是咎由自取！」狐格森也附和。

「但他昏迷了，我們就無法找到人質了。」華生說。

「這倒不一定。」福爾摩斯指着紙上的謎題說，「謎題所說的『正確』應該是指每幅圖所標示的尺寸，只要找出尺寸正確的圖，就能找到人質了。」

「狐格森，你找吧。」李大猩語帶雙關地說，「你做人常常得寸進尺，一定懂得找。」

「不，你找吧。」狐格森反唇相譏，「我只是得寸進尺，但你常常無緣無故**火冒三丈**，比我厲害得多呢。」

「甚麼？你這算是嘲笑我嗎？做人不要**得寸進尺**呀！」李大猩怒喝。

「看！又**火冒三丈**了。」狐格森趁機反擊。

「哎呀，你們別吵了。」福爾摩斯往紙上的**圖C**一指，「這幅——就是正確的圖。」

「你怎知道的？」華生問。

「因為它**沒有違反幾何定律**呀。」

難題②：
為何圖A的三角形尺寸違反幾何定律？
難題③：
圖B為何不合理？
難題④：
圖C為何符合幾何定律？
答案在 p.101

可是，不論華生怎樣看，都只覺得圖C活像小學生的塗鴉，根本看不出背後有何含意。

「看來像一間屋子呢。」李大猩說，「即是說，人質被藏在一間屋內！」

「廢話，倫敦四處都是屋子，說了豈不是等於沒說？」狐格森譏笑。

「哎呀，別又再吵了。」華生提醒，「距離八時已愈來愈近，如果晚了，就真的如信上所說，人質要回到『神的居所』，即是魂歸天國了。」

「神的居所？」福爾摩斯靈光一閃，「對了，就是在神的居所！華生，你一言驚醒夢中人呢！」

「甚麼？」李大猩如丈二和尚摸不着頭腦，

「你是說人質已在天國？」

「我是指**教堂**（church）呀。《聖經》上不是將教會（church）比作神的居所嗎？它與教堂是同一個詞語呀。」

「可是倫敦有這麼多教堂，要到哪一間找啊？」華生問。

「唉，華生你的一言驚醒了我，但你自己看來仍然未醒呢。」福爾摩斯沒好氣地說，「圖C的**屋頂**是紅色的，而**十字架**是白色的，那不就像**瑞士國旗**一樣嗎？」

「瑞士屋頂！」狐格森恍然大悟，「啊，難道是指倫敦西北部的『**瑞士屋**』區？」

「對，我記得那兒有座荒廢了的教堂！」

福爾摩斯説。

果不其然，眾人到了瑞士屋區的一間舊教堂，在一個**木箱**內發現一個胖乎乎的**女人**。她的雙手被反綁，脖子上更掛着一個**計時炸彈**。

福爾摩斯為她鬆綁後，馬上檢查了一下炸彈。

「唔……奇怪了……」福爾摩斯**自言自語**。

「怎麼了？」華生問。

「這炸彈的起爆裝置和計時器並沒**連接**起來，而且……」福爾摩斯説着，拆開紅色的炸藥條，只見一堆**黃色粉末**流出。

華生撿起粉末細看，發現那只是普通的

沙 後，鬆了一口氣說：

「犯人果然只是想羞辱一下警察，並不是真想殺人呢。」

「太可惡了！」李大猩氣得**七竅生煙**，「一個**炸彈**已把我們耍得團團轉！」

「對，讓我們白跑一場！」狐格森也氣呼呼地說。

「**收工！**」說完，兩人轉身就走。

「喂！你們這樣就走？」福爾摩斯說着，指一指**木箱**。

「哎喲……喲……喲……」這時，箱內正

好傳來女人的 呻吟，「我……我站不起來啊……可以扶我起來嗎？」

「呀！」李大猩和狐格森這才驚覺完全忘記了女人質。兩人慌忙跑回來，吃力地把她從箱中抬出來。可是，兩人還未站穩，就「💥」的一下被胖女人壓在地上，叫福爾摩斯和華生看得目瞪👻口呆。

難題②：

直角三角形的斜邊必定比兩條鄰邊都要長，圖 A 的三角形斜邊卻比它的鄰邊短，所以違反幾何定律。

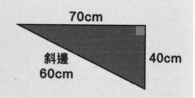

難題③：

左下圖的纜索（黃線 AB）自然下垂，其最低點（C）必然位於纜索的正中間。如纜索 AB 長 36m，那麼，AC 和 BC 應分別長 18m（36m÷2 = 18m），與柱高 BD 的 18m 一樣。如像右下圖般，把纜索 AC 或 BC 拉直，它們都會長過柱高 BD。所以，此圖是不合理的。

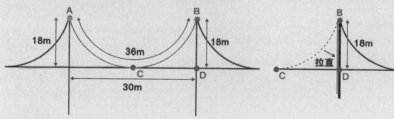

難題④：

三角形邊長必須符合一定律：任選其中兩邊長度相加，得出的和必定要大於剩下的那條邊長。圖 C 的三角形符合此定律，所以沒有問題。

10+10=20，大於 6。

6+10=16，大於 10。

10+6=16，大於 10。

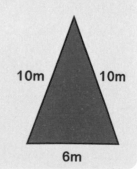

不是我爸爸

「**傑克**，你終於來了！」愛麗絲遠遠看見同學傑克，立即上前相迎。

「來！來！來！嫲嫲正等着你呢！」她興奮地拉着傑克來到 **221 乙座 13** 門前。

「啊⋯⋯」傑克看着門牌，充滿期待地說，「這兒就是**大偵探**的家嗎？真想參觀一下呢！」

「喂！甚麼大偵探的家？他只是**租客**罷了。我的嬸嬸是房東，應該說是我的家才對啊。」

「是的，你說得對。」傑克搔搔頭，**尷尬**地笑道，「不過，自從**吸血鬼老人**[*]一案之後，我就常常想起他，難得來到，就想看看私家偵探的家是甚麼樣子罷了。」

「哼！私家偵探有甚麼了不起。」愛麗絲不屑地說，「他上個月的租金還未交呢！」

傑克對大偵探**欠租**的事也略有所聞，為免掃興，馬上轉換話題：「對了，快介紹你的嬸嬸給我認識吧。媽媽託我把一份禮物送給她，以答謝她接待我小住幾天呢。」

「好呀！快進去吧！我還未告訴嬸嬸，明

[*] 有關吸血鬼老人一案，請參閱《大偵探福爾摩斯㊱吸血鬼之謎 II》。

天要與你一起去**海灘** 玩呢！」愛麗絲説完，

就**興高采烈**地拉着傑克走進了屋內。

半個小時後，愛麗絲與傑克坐在樓梯口，**垂頭喪氣**地歎道：「沒想到……竟被嬸嬸一口拒絕……」

「她不是説只要有**大人**陪同就行嗎？」傑克説，「我們可以去找一個大人一起去呀。」

「唉……我在倫敦認識的大人就只有嬸嬸。況且，去哪兒找一個 **遊手好閒** 的大人啊。」

「甚麼？又要我幫你墊付租金？」突然，

樓上傳來了一個不滿的聲音。

「唔?這聲音好熟,難道是**華生醫生**?」傑克見過華生,馬上就認出來了。

「**一言驚醒夢中人**!」愛麗絲霍地站起來,「對!找華生醫生不就行了?」

「但明天是星期五,他不用為病人診症嗎?」傑克問。

「甚麼?明天不是星期六嗎?」愛麗絲又一屁股坐回梯級上,**失望**地說,「太慘了,惟一的希望也**幻滅**了。」

「**他**呢?不可以找他嗎?」傑克提醒。

「他?你說的是?」愛麗絲想了想,又霍地站起來,「怎麼我沒想到他呢?在

整條貝格街之中，惟一**遊羊好閒**的大人就是他呀！」

「休想！」愛麗絲提出請求後，**懶洋洋**地坐在沙發上的福爾摩斯一口拒絕。

「我最討厭曬太陽，你請我去咖啡室喝咖啡的話，還可以考慮一下。」福爾摩斯斜眼看了看愛麗絲，**愛理不理**地說。

「是嗎？」愛麗絲也不示弱，立即攤開手掌說，「這個月的**租金**呢？有着落了嗎？」

「去問華生拿吧。」福爾摩斯閉上眼睛擺

擺手，「他答應了墊付。」

「華生醫生，真的嗎？」愛麗絲悄悄地向華生遞了個眼色。

華生**意會**，馬上一個閃身**下樓**去了。

「咦？華生醫生呢？剛才明明還在呀，怎麼忽然不見了？」愛麗絲**裝模作樣**地說。

「甚麼？」福爾摩斯赫然一驚，幾乎從沙發上滾了下來。

「**交租**。」愛麗絲無情地再攤大手掌。

「這……」

「還是去**曬太陽**？」

「甚麼？」

「去曬太陽的話，可以**寬限**一個月。」

「這個嘛……」

「怎樣?陪我們去海灘玩的話,可解**燃眉之急**啊。」愛麗絲~~老氣橫秋~~地説。

「這……算了,看在傑克爸爸的份上,就陪你們去吧。」雖然萬般不願意,福爾摩斯最終還是**答應**了。

可是,翌晨,當三人拿着沙灘用品步出家門時,卻被突然閃出的小兔子攔住了。

「去哪裏?」小兔子問。

「去——」

「去辦事!」未待福爾摩斯説完,愛麗絲

馬上搶道。

「辦甚麼事？」

「辦**正經事**！」

「辦甚麼正

經事？」

「你別管！」

愛麗絲扔下這麼一句，就**匆匆忙忙**地拉着

傑克和福爾摩斯登上了早已準備好的馬車。

「太驚險了！」愛麗絲鬆了一口氣，「傑

克，你不知道，剛才那個**小屁孩**很麻煩，要

是給他知道我們去海灘玩，一定會**厚着臉**

皮跟來！」

「哈！原來去海灘辦正經事嗎？」一個聲

音忽然響起。

「**哇！**」愛麗絲大吃一驚，她定晴一看，

發現小兔子不知何時已坐在福爾摩斯身旁。

「傑克，幸會。」小兔子笑嘻嘻地自我介紹，「在下小兔子，是貝格街少年偵探隊的**隊長**，請多多指教。」

「多多指教。」傑克慌忙尷尬地應道。

「哼！」愛麗絲已被氣得**七竅生煙**。

到了海灘，愛麗絲與傑克換上泳衣，立即就奔進海中游泳去了。不懂水性的小兔子就像**脫韁野馬**般，一會兒跑去拾貝殼，一會兒吵着要吃雪糕，福爾摩斯被他弄得暈頭轉向，不一會已**筋疲力盡**地躺在太陽傘下的沙灘椅上休息了。可是，他剛闔上眼，愛麗絲和傑克已全身濕透地跑了回來。

「傑克，玩**堆沙城堡**🏰的時間到了，你準備好了嗎？」愛麗絲興致勃勃地問。

「當然準備好了。我們來個**比賽**，在限時內堆出**體積較大**者勝！」

「嘿嘿嘿，玩堆沙城堡嗎？」在旁的小兔子聽到，**大言不慚**地說，「哪用比賽啊，一定是我贏。」

「贏甚麼？我們沒有邀請你玩啊！」愛麗絲冷冷地說。

「哇哈哈！不讓我玩？原來有人怕輸呢！」

「甚麼？我怕輸？」愛麗絲給惹火了，「好！就讓你參加，叫你嚐嚐**慘敗**的滋味！」

「那麼，我數一二三，馬上開始吧。」傑克為免兩人再次爭執，慌忙提議。

「好！數吧！」小兔子紮穩馬步，擺出一

副 **嚴陣以待** 的架勢。

「一、二、三，開始！」

一聲令下，三人一屁股坐在沙上，立即堆起城堡來。

福爾摩斯半闔着眼看了看亢奮的三人，**自言自語**地說：「終於可以安靜一會了。」就在這時，他的眼尾瞥見**一個小孩**在不遠處徘徊。但由於小孩背光，只浮現出一個輪廓清晰的剪影。

福爾摩斯**不以理睬**，矇矇矓矓地闔上眼睛。不一刻，他已「呼嚕呼嚕」地打起鼻鼾來，陷入了**熟睡**之中。

過了半個小時左右，小兔子突然大叫：「哇哈哈！完成！」

「我也完成了！」愛麗絲與傑克也**不約而同**地叫道。

「看！這就是本人的**傑作**了！」小兔子指着自己的城堡嚷道。

愛麗絲兩人一看，登時呆了。

「怎樣？太厲害了，看得你們目瞪口呆吧？」小兔子**自鳴**得意。

「這……這不是**一坨屎**嗎?」傑克不敢

相信自己的眼睛。

「哈哈哈,還以

為是甚麼,原來只

是**一坨屎**!」

愛麗絲不禁大笑。

「別胡説!」

小兔子慌了,「這

是**響螺城堡**,不是一坨屎!」

「傑克,別管他,還是看看我們的城堡

吧。」愛麗絲把小兔子扔在一旁,指着自己的

作品說,「你看,我的城堡比你的要**大**吧?」

「我的也不小啊。看來要量一量才能分勝

負呢。」

「好呀,你和我的城堡都是用模具堆成的,

兩者雖然邊長不一，但 左右對稱 ，整體闊度
又一樣，都是 **10cm**。」

「還有，城堡上的洞口分別是標準的 圓形

和 半圓形 呢。」

傑克説。

愛麗絲用
早已準備好的
尺子左量量右
量量，很快就
得出城堡的不
同 邊長 ，卻
還是不知道
該怎樣計
算整體的
體積 。

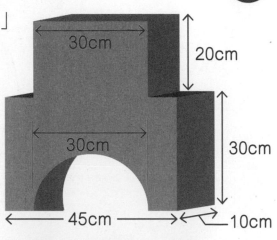

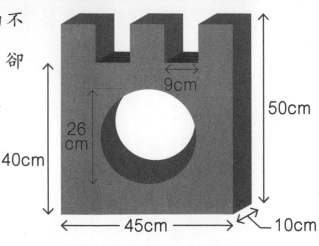

「喂喂喂！我這個城堡呢？不量量嗎？」小兔子不滿地嚷道。

「我們才沒空量一坨屎呢。」愛麗絲**不屑一顧**地說。

「哼！你們也沒甚麼了不起呀。」小兔子故意**嘲諷**，「兩個城堡也只是幾個堆起來的**方塊**罷了，實在太難看啦！」

「甚麼？你知道要把沙粒堆成**圓柱體**的洞口有多困難嗎？」愛麗絲大聲反擊。

「甚麼長方體、圓柱體的，太無聊啦！」

「哎呀，安靜一點可以嗎？真是想睡一會也不行。」被**吵醒**了的福爾摩斯罵道。

「咦？福爾摩斯先生，你醒了？」愛麗絲**靈機一觸**，「可以教我們怎樣計算出體積嗎？」

福爾摩斯瞄了一眼兩個城堡，説：「看似複雜的東西，只要逐一拆開來看，就會發現其實很簡單。此外，計算圓形面積的公式是『(半徑)²π』，其中 π 可以作 3.14 計算，這麼簡單也不懂嗎？」

「呀，我想起來了，算術課教過！」愛麗絲馬上撿起一根樹枝，在沙上飛快地寫下了一串×算式÷。

難題①：兩個城堡皆由不同形狀的立體組成，只要逐一獨立計算，再把各個部分的體積加起來，就能得出答案了。不過，要注意凹陷和圓洞等部分啊。對了，故事中還沒說愛麗絲和傑克堆的是哪個城堡，也沒說到底誰贏了呢。你知道答案嗎？不知道的話，請看 p.131 吧。

「怎樣？誰贏？」傑克緊張地問。

「你猜猜看。」愛麗絲神秘地一笑，「不過，我可以告訴你的是——A 比 J 要大呢！」

「好了，分出了勝負的話就不要再**擾人清夢**啦。」福爾摩斯說着，正想闔上眼睛時，忽然一個小孩的身影在他眼前跑過，「**砰**」的一下踢散了愛麗絲的城堡，頭也不回地跑走了。他認得，那身影和剛才在不遠處徘徊的身影是**同一人**。

「哎呀！我的城堡！」愛麗絲驚叫。

「哇哈哈！爛了！爛了！爛城堡比我那坨屎更難看呢！」小兔子趁機**幸災樂禍**。

「豈有此理！太可惡了！我要抓住那個小屁孩，叫他下跪道歉！」愛麗絲**怒火中燒**，她用力一蹬，就往那個已跑遠了

的小孩追去。

「喂！等等！」福爾摩斯和傑克生怕愛麗絲惹出禍端，慌忙起身追去。

「哇哈哈！有戲看了！有戲看了！」小兔子興奮得大叫大跳，也跟着跑去看熱鬧了。

可是，那個小孩跑得很快，轉眼之間，他已消失得無影無蹤。

「豈有此理！跑去了哪裏？」愛麗絲四處張望，氣得直跺腳。

「哎呀，只是沙城堡罷了，可以再堆過呀。」追趕而至的福爾摩斯向愛麗絲安慰道。

「不行！那小屁孩太無禮了！我要他道歉！」

一個在擺攤子的瘦削男人聽到他們

的對話，就走過來說：「這位小妹妹，你是不是想找一個剛剛跑過的**頑童**？」

「是呀，他跑到哪去了？」愛麗絲緊張地問。

「稍安毋躁。」瘦削男人說，「我名叫亞道鼠，是個畫家，你只須付⑩**便士**，來玩一個**猜面積**的遊戲又勝出的話，我便告訴你那頑童在哪裏！」

「甚麼？我現在要抓人，哪有心情玩遊戲啊！」

「不玩嗎？那麼就拉倒。」亞道鼠**聳聳肩**說。

「這！」愛麗絲氣得急了，就掏出 10 便士說，「好吧！玩就玩！」

「是嗎？那麼**請移玉步**。」亞道鼠領着愛麗絲，走到他的攤子前說，「這兒有幅畫，全都是由**直角等腰三角形**的玻璃圖案組成的，你能算出它們的**總面積**嗎？」

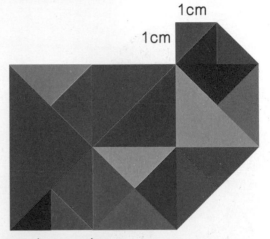

1cm
1cm

傑克悄悄地向站在一旁的福爾摩斯問：「那個畫家好像有點**古古怪怪**的，要阻止愛麗絲嗎？」

「不，先靜觀其變，如果他是個騙子，待會當場**揭穿**他。」福爾摩斯說。

「總面積嗎？」愛麗絲看着那幅**色彩斑斕**的玻璃畫，不禁皺起眉頭。

「呵呵呵，一隻**小龜** 走失了，**大龜** 急得團團轉！」小兔子故意在旁唱起兒歌來干擾，

「小龜小龜快回家，快回家！快回家！大龜變小龜、小龜變大龜，**1隻變2隻，2隻變4隻，4隻變8隻**！變變變！」

「閉嘴！」愛麗絲被吵得心煩意亂，「人家在算數，你可以安靜一點嗎？」

「嘻嘻嘻，我只是唱歌為你打氣罷了。」小兔子**嬉皮 笑臉**地說。

「對，小兔子為你打氣罷了。」福爾摩斯

一笑，然後**別有所指**地遞了個眼色，「而且，他說 1 隻變 2 隻，2 隻變 4 隻，4 隻變 8 隻，確實是有點道理啊。」

「啊？」一言驚醒夢中人，愛麗絲慌忙望向那幅畫，自言自語地說，「**直角等腰三角形**……1 變 2，2 變 4，4 變 8……」

「對，變變變，大龜變小龜，小龜變大龜，變出一隻不懂算數的大烏龜！」小兔子以譏諷的腔調繼續唱。

「哈！小兔子你真夠朋友，我知道**答案**了！」愛麗絲大笑一聲，向亞道鼠說出了答案。

難題②：畫中所有三角形都是直角等腰三角形，而最小那個三角形的邊長是 1cm。那麼，愛麗絲是怎樣從小兔子的說話中得到啟發而算出答案的？此外，玻璃畫圖形的總面積又是多少呢？答案在 p.135。

「好厲害，這麼快就給你答對了。」亞道鼠稱讚道，「我告訴你吧，那個小頑童就在左前方的那所 小木屋 內，你自己去找他。」

「好！就讓我去把他找出來！」愛麗絲怒目一瞪，正想往那小木屋跑去時，有 5 個身高和長相都差不多的小孩從屋子步出，還往這邊走來。

「啊？」福爾摩斯和傑克不禁詫然。

憤怒的愛麗絲一個箭步衝前，高聲問道：「說！是誰把我的城堡踢爛的？」

5 個小孩被嚇了一跳，

不知如何是好。

亞道鼠連忙趨前道：「喂！小妹妹，你不認得那個頑童嗎？可不能**嚇唬**這些小朋友啊。」

「但他們當中有一個是我要找的**頑童**呀！」愛麗絲不忿地說。

「為抓1人就嚇唬另外4人嗎？不公平啊。」亞道鼠並不退讓。

福爾摩斯看了看5個小童，忽然冷笑道：「嘿嘿嘿，**騙徒**真有兩下子，故意讓那個頑童混進4個**一模一樣**的小童當中，就算被人發現了，也無法分辨出誰是犯人呢。不過，愛麗絲，你不用質問了，我知道是誰。」

「真的？」愛麗絲大喜，「是哪個？」

「**就是他！**」福爾摩斯大手一指，指着其中一個小童說。

難題③：
我所指的是哪一個小孩呢？請對照 p.111 的剪影，嘗試找出那個小孩吧。答案在 p.135。

聽到福爾摩斯這麼說，亞道鼠慌了，連忙搶道：「別含血噴人！你怎知道他就是那個頑童？」

「嘿嘿嘿……」我們的大偵探狡黠地一笑，「我不但知道，還知道他是與你一夥的呢。」

「不！」突然，那個小童叫道，「我們不是一夥的，我不認識他！」

「小小年紀，居然還要狡辯。」福爾摩斯說，「剛才我在曬太陽時，看到你在不遠處徘徊，一直看着愛麗絲他們。不是你的話，還會是誰？」

「我——」小童吃了一驚，看了看亞道鼠，不知如何是好。

「看來我說對了，他們果然是 (一夥) 的呢。」

「可是，他們為甚麼要這樣做？」一直在旁沒作聲的傑克問。

難題④：
為何我知道亞道鼠與那個小孩是一夥的呢？
答案在 p.135。

「還用問嗎？當然是 **騙錢** 啦。」福爾摩斯說出箇中竅妙，「這個小童負責搞破壞，並故意經過亞道鼠的 **攤子** 逃進小屋內。然後，亞道鼠就 **誘使** 追捕者玩遊戲，說勝出了就提供小童所在的情報。其實，不管追捕者勝出與否，他已騙得 **⑩便士** 了。」

「**不** 是我不好！」那小童又叫道，「全是我不好，是我貪玩，踢爛這位姐姐的城堡。

你們**處罰**我吧。」

「**不！**是我不好！是我踢的！」突然，另一個小童衝前叫道。

「**不！**是我！不是他們！」

「**不！**是我！我才是！」

「**不！**別聽他們的，是我才對！」

「**不！**是我！」

5個小童你一言我一語，搞得大偵探等人也**暈頭轉向**。

「算了，你們不要爭着認罪了。」亞道鼠制止5個小童說下去。

他滿面羞愧地向福爾摩斯說：「他們都是我的兒子，是**5胞胎**，所以長得**一模一樣**。我在這裏擺攤子賣玻璃畫多年，但最近經濟不景，

很少人光顧，所以……唉，我只能**出此下策**，利用兒子們騙點生活費。你們要抓的話，就抓我吧。」

「不！**他不是我爸爸**！」

「對，他不是！」

「我不認識他！」

「他不是，不要抓他！」

「他不是爸爸，請你們不要抓他！嗚……嗚……」

5 個小孩叫着叫着，突然嗚咽起來，變得

泣不成聲了。

福爾摩斯和愛麗絲等人**面面相覷**，不知如何是好。

「哇哈哈！」一直在看熱鬧的小兔子，突然跳出來笑道，「愛麗絲沒被騙啦！她不是玩了一個 10 便士的**遊戲**嗎？她玩得那麼開心，至少值 20 便士啊，大家認為對嗎？」

「啊……」愛麗絲呆了半晌。

最後，她看了看嬉皮笑臉的小兔子，終於**若有所悟**地說：「是的，那遊戲真的很好玩，確實值 10 便士。可是，我那城堡……」

「哈哈哈，你那城堡根本就**難看極了**，連我也想一腳把它踢爛呢！不捨得的話，就把我的傑作送給你吧！」說完，小兔子扮了個

鬼臉拔腿就逃。

「豈有此理！趁我稍為鬆懈就大放**厥詞**！誰稀罕你**那坨屎**！」愛麗絲邊罵邊追去。

「他們……」亞道鼠看着兩個嬉嬉鬧鬧的身影遠去，不禁眼泛淚光。

「哥哥、姐姐，謝謝你們啊！」5個小孩也**化悲為喜**，向着兩人的背影喊謝。

「小兔子和愛麗絲他們真的是……」傑克看到此情此景，也感動得説不出話來。

「是啊，好一對**歡喜冤家**，真的是叫人哭笑不得呢。」福爾摩斯**莞爾一笑**。

難題①左面的城堡中，紅色部分長 30cm，闊 10cm，高 20cm，
所以體積
=30×10×20
=6000cm³
黃色部分是半圓柱體，直徑是 30cm，半徑就是
30÷2=15cm，闊度是 10cm。
所以黃色部分的體積
=15²π÷2×10
=15×15×3.14÷2×10
=225×3.14÷2×10
=3532.5cm³
藍色部分的體積
＝整個長方體－黃色部分
=45×10×30 － 3532.5
=13500 － 3532.5
=9967.5cm³
所以下面城堡的體積是
=6000 (紅色部分) +9967.5 (藍色部分)
=15967.5cm³

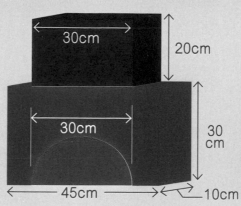

至於下方的城堡因左右對稱，兩個凹位（粉紅色部分）的體積一樣，長 = 9cm，闊 = 10cm，高 = 50 － 40 = 10 cm，故此粉紅色部分的體積 = (9×10×10)×2 = 1800cm³

中間的圓洞是圓柱體，直徑是26cm，即半徑是

26÷2 = 13cm；而闊度是10cm，所以圓洞的體積

= $13^2 \pi \times 10$ = 13×13×3.14×10 = 169×3.14×10

= 5306.6cm³

所以下面城堡的體積

= 50×45×10（整個長方體）－ 1800（粉紅色部分）－

5306.6（圓洞）

= 22500 － 1800 － 5306.6

= 15393.4cm³

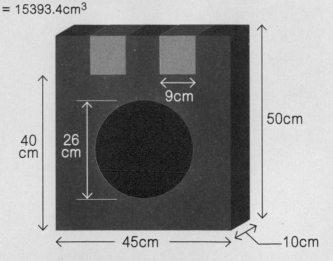

此外，愛麗絲說的「A」就是「Alice」（愛麗絲），而「J」就是「Jack」（傑克）。這除了是指愛麗絲的城堡比傑克的大，也是指撲克牌遊戲中「A」比「J」大的規則。因此，前頁的城堡是愛麗絲的，上面的城堡是傑克的。

難題② 由於畫中所有三角形皆是直角等腰三角形，所以它們的對稱軸會將它們各自分成兩個相等的直角等腰三角形（小兔子說「1變2，2變4，4變8」就是這個意思）。如圖畫上虛線，最後會發現畫作可分成 47 個面積一樣的小三角形。

小三角形的面積

$$=1 \times 1 \div 2$$

$$=0.5cm^2$$

因此，圖案的總面積是 $0.5 \times 47 = 23.5cm^2$。

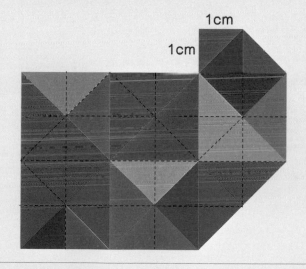

1cm

1cm

難題③ 只要看他們的帽子就知道，其中 4 人戴的是六角帽，只有 1 人戴八角帽，而剪影的小童也是戴八角帽的。所以，戴八角帽的小童就是愛麗絲要找的頑童了。

難題④ 因為 5 個小童的衣服都有直角等腰三角形圖案，而玻璃畫正是由直角等腰三角形組成的，兩者必有關連。故此，福爾摩斯就推測小童與亞道鼠是一夥的了。

大偵探 福爾摩斯
SHERLOCK HOLMES
數學偵緝系列 ③
鸚鵡迷蹤

原案&監修／厲河　　繪畫／月牙

編撰／《兒童的科學》創作組（執筆：厲河、林浩暉、謝詠恩、陳欣陶）

着色／陳沃龍、徐國聲　　封面設計／葉承志　　內文設計／陳沃龍

編輯／盧冠麟

出版
匯識教育有限公司
香港柴灣祥利街9號祥利工業大廈2樓A室

承印
天虹印刷有限公司
香港九龍新蒲崗大有街26-28號3-4樓

發行
同德書報有限公司
九龍官塘大業街34號楊耀松（第五）工業大廈地下
電話：(852)3551 3388　　傳真：(852)3551 3300

第一次印刷發行
© Lui Hok Cheung
© 2023 Rightman Publishing Ltd. All rights reserved.

2023年2月
翻印必究

想看《大偵探福爾摩斯》的
最新消息或發表你的意見，
請登入以下facebook專頁網址。
www.facebook.com/great.holmes

購買圖書

ISBN:978-988-76231-6-8
港幣定價 HK$60
台幣定價 NT$300

若發現本書缺頁或破損，
請致電25158787與本社聯絡。

網上選購方便快捷　購滿$100郵費全免　詳情請登網址 www.rightman.net